歌集

ヴォカリーズ

Vocalise

hiroko tokutaka

徳 高 博 子

短歌研究社

＊目次

ヴォカリーズ

レゾン・デートル

ふつふつと牛タンシチューを煮る夕べ脳裏に視ゆるイル・ド・フランス

皮を剝かれ目を閉ざしたる牛の首牛肉店の棚に在りたり

舌と舌触れあふほどに迫りくるレゾン・デートルわれと牛との

善き魔女は薬草を悪しき魔女は毒草を栽培せしと昔語りに

魔女たちが薬草毒草植ゑたりし古城の園生暮れ残りゐつ

古びたる円卓の上の銀製のカトラリーに射す夕陽の光

ボードレールの夕陽は眼球。無口なるふたりの餐を窓から見つむ

あなたのこゑとわたしのこゑのかさなりて交信不能のまま離れゆく

できる限り良き想ひ出を。くわいこんの岸辺にひろふ記憶のかけら

〈復讐は冷まして食する料理なり〉天啓としてにれかみてゐる

ヴォカリーズ

ひさかたの天つ空より零れくる光のしづく彼の『ヴォカリーズ』

たいせつにされし記憶も薄れゆく木蓮の蕾北を指す季

触角を振りつつ止まりまた歩む蟻の思惟をしまらく見つむ

玉竜の葉叢入りゆく蟻の眼に青き珠実の如何に見ゆらむ

夏の夜の独りのサパー冷やしたるヴィシソワーズを胃の腑に容れぬ

ターコイズ首に飾りて涼む宵　過去世より来よわが想ひ人

あをぞらに仄かに白き月かかり真昼のこころ薄物まとふ

あぢさゐの季

廃屋の庭に梔子咲きいづる間無くおとろふる真白湛へて

蒲の穂の茂れる浅瀬刺さりたる破（や）れ傘の際に鷺は佇む

殺さるるほどの悪意に遭ひしこと思ひ出づ　レタスちぎりゐて

嵐去り若枝老い木斃れたる森を敗残兵のごとくい行くも

顚末を語りだしたき衝動に浦島花子は髪ふりほどく

善悪を教ふれば罰すといふ国に生きゐるを知らざりきわれはも

知り人はうすらわらひしぼそぼそと「メルトは溶ける　ダウンは落ちる」

おろかなる首相の大罪　しづかなる民の小罪　ゆふ焼け小焼け

ゆりあげの浜辺かなしも　蟹の子の歩み見てゐた　わたくしがゐた
閖上の白砂青松　潮風はわが身透くほどさやかなりしを
波が、空が、おらぶ声ちぎれ飛び交ふ。みな活きてゐたはずの此の岸

みちのくの杜の都の駅前の閖上行きのバスの行方は

幾たびの寂しき季節選り取りの耐へ方そろふ抽き出し開けぬ

あぢさゐの季闌けて聞こゆにつぽんは日本人が亡ぼすとふ歌

銀杯

芝草に素足をうづめ水撒けば虹立つ園の向日葵われは

地の底ひ祝事（ほぎごと）あらむ曼珠沙華紅きに交じり白き花咲く

虚（うろ）となりし家の書斎の暗がりに銀杯独り棲みつづけゐむ

秋の日に桜の截り口晒さるる緩びてゆかむファントムペイン

人格を与へらるるを待つごとく自販機立てり新しき街

酸化せぬやうに被れる皮もちて芯より腐りはじむる林檎

人知れず滅びはじめし男（を）の薔薇（さうび）　詩人ロンサール　枢機卿リシュリュー

薔薇の死を受け容るる夜半はふり終へし革手袋の匂ひ消えざり

ふしあはせ如何ほどまではよしとせむ清流をながれゆく一輪

まみゆれば言の葉いらぬ我らなり水と光のやうに響かふ

天空

おそ秋の黄金（こがね）色の庭に去年（こぞ）よりも小さき蜥蜴日向ぼこせり

疼らけるいのちなりけりもみぢ葉の風に舞ひ散る音の凄まじ

われひとと繭のごとくに籠れるを冬日(ふゆひ)森閑と天空わたる

たをたをと声交はす二羽カラス語の翻訳機こそあらまほしけれ

蟻の飛翔蝶の午睡のあらなくに空の巣搔きに張らるるいのち

太陽の季節過ぎにき太陽の塔滅びたり然(さ)れば月こそ

わが胸に雪時計ありしんしんしんと冥きしじまにゆきふりつづく

亡き父の鼈甲縁の眼鏡かけしましし眺むるわれの終(つひ)の世

イヤリング着けざる理由問はれゐてよみがへりくる耳朶の記憶は

「もう宿は彼処」と言ひて振り向けば跡形もなく消えてゐるツレ

小面（こおもて）と蛇（じゃ）の面（おもて）とを左右の手に夢見に耽る媼の素顔

音に聞く蛇越峠（じゃこし）の見晴らしは夢にありても霧の中なる

黒き二羽が白き一羽を追撃す青うつくしき空の贄（にへ）とし

死ぬるほどひとを恋せしことなくて何の一生（ひとよ）か空の哄笑

わが籠（こ）より逃れし小鳥その羽根のセルリアンブルー天空染むる

ドミノ倒し

走りつつ脚が木になる映像を幾度も見する液晶画面

千隻の海賊船が襲ひ来るありえぬものの視えうる船影

垂直にゆうらり上がるオスプレイ急降下する鳥影が見ゆ

もてあます人の稚(わか)さよ熟寝より覚めていまだに夢の中なる

店頭の『こねこのぴっち』手に取れば母なりし頃たまごいろめく

起こり得ぬこと書き連ねたる幼児向け図書専門の書店より出づ
人形（ひとかた）のドミノ倒しを繰り返す薬物汚染防止動画は
とりあへず為すべきことのひとつにて卵を買ひぬ明日のために

社会

いつよりか右耳の裡に何ものか棲みつきたれば吾を支配す

郊外の駅前のビル。ジム病院スーパー託児所も完備せり

薬待つ席より見ゆる託児所の前に並ぶは〈おさんぽ〉の子ら

をさなごの社会も厳し。女（め）の子いふ「なくこはちらひ　てちゆながない」

泣き虫のをのこごなべて嫌はれて　嫌はれてまた泣き出だしたり

妖精のごときをみなごあらはれて泣き虫坊やを慰めはじむ

頓服をバッグに収め外(と)に出でぬ太陽がいつぱいの港へ

身のほどを知れと自が身を諭すごと耳下腺じんじんまた痛み初む

炎天下砂遊びせる若者の眼は泳ぎつつ埋もれてゆけり

北のヴェニス

あたらしくおとなふ国の地図展ぐ　未だ来ぬ時間　未だ知らぬ人

眼下には白樺の森と黄金なす農地の続くロシアの地表

赤いとは美しいの意。濁りたる暗きくれなゐ血のいろならず

湧き出づる不法就労の若者とぶつかりさうに赤の広場を

白樺はロシアの美女と謂はるらし艶めきて佇(た)つ白樺樹林

弓なりに撓み倒れる白樺もあまた過れりバスの車窓に

身めぐりは地平線までつづく原　旅人われは一匹の蟻

カンコウハギムデスシゴトデスと言はれ風雨の中を旅程こなしつ

工房に絵付け体験してをりぬ　蟹食むときの静かさの中

「時空越え貴女に会ひに来たのです」絵の貴婦人と見つめ合ひたり

廃れゆくクレムリン内の修道院　異教徒の群れを受け容れて生く

祈禱する老婦の視線一途なり我が持ち得ざる帰依するこころ

聖堂にア・カペラの男声とよめけば身の深処より泉湧き出づ

「いついかに神にまみゆる汝ならむ」イコノスタスの聖人は問ふ

「イエスより僕を信じろ」キリストと張り合つてゐるかはゆきをとこ

奪ひ取りし財宝見する宮殿に物見遊山の人人集く

復元に至る経緯を聴かされて黙するばかり〈琥珀の間〉にて

酒の火に命焼かるる男たち平均寿命ろくじふといふ

ほほゑめるフルシチョフ氏の禿頭に陽は降りそそぐ　墓地にて遇へば

レーニンはレーニン廟に死を生くる　幾たびも防腐剤に漬けられ

背の順に立たされてゐる元首たちマトリョーシカなれば皆で一体

バスタブに溜まりゆく湯は錆朱帯ぶ　〈北のヴェニス〉のみづ禍禍し

綺羅綺羅の武器庫にひつそり置かれたる皇女の服のウェスト細し

宮殿を巡る人人その中に多分ゐないであらう貴婦人

「このダイヤ、印度に返すべきなのに」ダイヤモンド庫にひそひそ声が

ロシア語の語感いつくし古色なるペテルブルグの街を歩みて

われを離れし欲の一つかキリル文字学ばむといふ意欲湧かざり

似非信徒はた疑似親族のごと集ひ〈黄金の環〉をわれら巡れり

降り立てば眼に迫り来るあをみどり我がうるはしのみづほの国よ

帰宅して蛇口をひねり口漱ぐ　武蔵野のみづはつかにあまし

まなうらにペテルブルグの景ゑがく　光の散華　水の煌めき

棘のない薔薇

わが薔薇は何処の土に選ばれむ空中庭園さまよひながら

雑踏の中にいちにん認めたり貴方ひとりがわたしのあなた

同心円描く は美しとふ錯誤もてわれは生きしよ青かりし日よ

終はらせぬために選べる途あらむ雪夜の後の朝の気を浴ぶ

この薔薇が亡ぶるときは泣くだらう『杉の柩』の棘のない薔薇

わたくしがわたくしであるために欲る　素水（さみづ）　涙液　そして言の葉

棘のない薔薇を愛でつつ棘のある薔薇に焦がるる　すくひがたしも

《快楽の園》の裸身の人が来て薔薇の下にて啜り泣きたり

侏儒

真鍮のドアノブを撫でしまらくをためらひをれば蜘蛛が這ひ寄る

おそらくは黄砂も混じる疾風に視野閉ざされて弥生の銀座

眼鏡(がんきやう)を外しし男こゑ低く川を渡れと細き目に言ひき

その水のつづきに海があることの恐怖を想ひ見つめてゐたり

街角に不意討ちのごと顕はれてかつてのいちにんうすわらひせり

いつの日か尾鰭をつけて喋り出す侏儒ひそみゐむ椿の木蔭

あのこゑはいやだつたなと身震ひす脈絡もなく椿落ちたり

水鳥のこころに染まり発ちゆかな浜の離宮に一日（ひとひ）遊びて

ゆるやかに墨の香りは部屋に満つ心鎮めむと書にむかふとき

大いなるミッションの果て桜樹は緑の奥に身を隠したり

剪定されし躑躅一叢うぐひすのさへづり聞こゆその奥処より

ひと雨を得てよみがへる野薊の葉先の棘に雫光れり

愛について

そのまろきましろきもろき殻ゆゑに愛されてゐる卵といふは

沈丁花しるくにほへる雨後の道　木蔭から不図わが名呼ばれき

朝川にあぎとふ真鯉ねもころに話してみれば分りあへるか

応へなどあるはずもなき深淵ゆエコーまたエコーわが立ち尽くす

零れくる桜はなびら享けむとし双手はかなく宙（そら）を游がす

踝まで流れきたれる夕霧の冷えおのづから芯に及びぬ

紫紺地に白き椿の塩瀬締め別るるために逢ひにゆきしを

伝説となりにし人ら集ひたる《聖会話》のごとき星空の絵図

正教の十字架の謂知りしよりわが黄泉の国いよよ昏しも

シャボン玉の行方は追はずひたすらに飛ばしつづけるクピドの瞳

ラファエロの聖母子像をつつみたる香気のごときを愛と想へり

愛と哀その実ひとつとおぼゆれど逢ひを重ねむ薔薇の下にて

わたくしの息の詰まつた風の船　しましただよひまなく沈みつ

鶏卵大の腫瘍摘出されし痕ときに涙のごときが滲む

折れさうで折れしことなき芯ありて朝(あした)に食(た)ぶ　みづ　麺麭　リンゴ

左手のためのエチュード

タトゥーのごとく免税の判押されたる哀しきピアノ四十年経つ

はふるべきは楽譜かわれか動体視力おとろへて知るピアノ弾きの惨

幾たびも『さらばピアノ』を弾く夕べ諦めらるること数へゐつ

右利きではなかりしわれは幼き日左手（ゆんで）もて書くこと禁じられにき

わがピアノ薔薇のフェンスを越えゆけば苦しき日日は虚空に溶くる

えいゑんにわれを離れき。ほんたうの夢、音、楽。一切幻夢

ピアノ消え明るき部屋のティータイム隣りの犬の遠吠え聞こゆ

楽譜立てと鍵盤の距離わづかなる電子ピアノといふ玩具を買ひぬ

数時間弾きたるのちの気怠さに腱鞘の辺りはつか熱帯ぶ

さりながら玩具は玩具。手頃なるオブジェとして愛づ電子ピアノは

『左手のためのエチュード』弾きをればうぶすなの風よみがへり来も

駅　頭

平均寿命ちぢむるほどに自死の増ゆ　彼の悲しみの連鎖果てなく

後悔はよく記憶せよ　駅頭の著名議員にわが手振りしを

どんみりと自室に籠る雨の午後コーヒー香り来。噫、夫がゐた

育てこし花を綺麗に標すため君に託せるデジタルカメラ

なにゆゑに君は彼奴(きやつ)にこだはるか去年も撮つたこのあまがへる

十薬の葉叢に棲めるあまがへるあかむらさきの斑(はだら)をまとふ

緑の中を紅白縞の人がゆく　目立ちたいのか　さうではないのか

駅頭に書を掲げつつ立つ二人〈立たされ坊主〉に見ゆるときあり

三年前(みとせ)「祝・首相誕生」の垂れ幕の下がりてをりし商店街行く

現し身

鏡の中に還暦過ぎのをんなゐて「だからなあに」と顔寄せてくる

高潔な野獣になりたき夕まぐれ間欠泉のごとく母音が

鳥たちが悲鳴をあぐる朱(あけ)の空飛ぶか堕つるか迫られてゐる

山笑ふ季節めぐれど涕く山の忍び音洩るる線量計に

戦後はた戦前生まれわれら皆とろとろあるく〈安全地帯〉を

然(さ)あれそも畢竟コトバに過ぎざれば「がんばらう日本」ひたに寒(さぶ)しゑ

影色といふいろあらばまとひたしいきどころなきわれら現し身

おのづから風にしたがふ菜の花は黄のよろこびに戦ぎてゐたり

有袋栽培されし白桃　袋はづすそのたまゆらをひとはかなしむ

青みたる銀鼠色の黴を喰ふロックフォールとふ愉悦を食ぶ

春闌けて地の面には累累と。椿、椿、椿、椿、咲く

振り振られ振られた振りの恋ケ窪　振り返りつつ君が手を振る

咲き切りてけぶらふ蕊を曝しゐる薔薇は余生をいつより始む

はや朱夏を身籠りてゐる苦瓜の雌花の萼のふくらみに触る

愛されし無惨を見よと葉を落とし真日に乾反れる薔薇(さうび)の幹は

炎天下画布に絵の具を打ちまけて《明王》描きしよ半裸の父よ

黒田節どつぷり唄ふ芸者歌手赤坂小梅めうに懐かし

亜熱帯となりつる武蔵　空をゆく極彩色の鳥群れあはれ

夏の陽に緑の黙(もだ)を守りゐる聖樹のごときキオナントゥスよ

水底の泥より玄き体表の真鯉口開け見する暗闇

水声の澄める朝明け覚め際にわれはそらごと何か言ひしか

ひとを恋ふるこころ褪せゆく白秋はひとの本性みえそむる季

余生と後生ゆるく隔つる境界にゆらゆらをらむ物の怪どもは

傷口から熟し始むる束の間をとらへて欲りぬ虫螻のごと

とめどなく劣化してゆく黄昏にはつか狂ひて華とし化粧(けは)ふ

大切な何かを思ひ出だすべし〈塩ふるほどの光〉を浴びて

如月の光を結ぶ白梅の蕾ほのかにわれを嘉せり

謐かなるあはき茜の仏教画わが界照らす父の絶筆

封印は密やかにして華やかに真夜に降りしく桜のこころ

映すひとを亡くしし鏡そののちは己が光に輝きて在り

垂れ耳うさぎ

大阪の阪急デパート十一階　垂れ耳うさぎにわれは捕まる

わたくしに愛さるるため買はれ来し垂れ耳うさぎ生き始めたり

わが胸と両手のひらの空洞のさみしさを食むぬひぐるみ飼ふ

さみしさを餌とし生くるぬひぐるみ私といつしよに死んでもくれよう

どうせ死んでしまふならどう生きようと同じと想（も）ひき少女期のわれ

大阪城天守閣まで辿り着き「残念石」をしみじみと観き

石垣の回り巡ればたれかれの呻き忍び音　石の間(あひ)より

わたくしは泣かない負けない騙されない　五輪の旗の裏は何色

あの仔もまた苦しき恋にとらはれて鳴くほかなからむ春闌くる宵

悲しみの多いこの世にやってきた垂れ耳うさぎ何してあそぶ

北浜

ビル街の向かうに霞むなだらかな稜線は見ゆわれ異郷びと

夜が明けて話し始むるビルとビル今日の株式相場その他

朝の陽のビルのガラスに反射して十字なす刻(とき)祈り捧げつ

今この刻も重き病に臥す友を想へば青き空の暗さよ

ビル間(あひ)に見ゆる川の面(も)　静脈のごとく密かに冱え冱え流る

日が昇り車と人の増えてゆきビルは都会の無機体となる

レトロなる建物映ゆる北浜の河畔あゆめばラヴェンダーの香

ゆくりなく数千（すせん）の薔薇に出会ひたり五月晴れなる中之島にて

おほさかのひとのことばのやはらかく耳にさやりてとほりすぎたり

雨季

武蔵野の雑木林の楢の葉に雫一滴、雨季が始まる

雨にさへ男女(なんにょ)の別のあるといふ　いづれの雨かこの劇しさは

細き棘は肌をたやすく傷つけぬ　ウィルスにをかさるるやも知れず

化粧するあはれを知るや素の顔を凹面鏡に映す　をかしき

何ものか水面(みなも)に皺を産み継げりその何ものかに魅入られてゐつ

睡蓮の池に映れる空をゆく青鷺われをいづこへ誘く

向かう岸に手招きをする影あらば浮き葉の上を渡りてゆかな

極楽は蓮(はちす)の華の咲くところわれは死しても花に会ひたし

わが胸に徴（しるし）を遺し去（い）にしひと　般若波羅蜜多心経

虹

をさなごの吾子の泣きゐる夢見より覚めて泪のごときを拭ふ

母さん助けて詐欺と名付けらる「助けて！」と言つて欲しい母たち

離れ住む大人の吾子にもう何もしてあげられず　たんぽぽのぽぽ

可愛い子この世の果てまで殖えてゆけ　ポピー　コクリコ　ながみひなげし

子守歌を記憶より消すキーさがす忘れしことを忘れ去るため

ささやかなしあはせのそのおほきさを告げにくる使者　ladybug（ななほしてんたう）

暑を逃れ池畔に佇む昼下がり真夏の森は闇を濃くせり

たれかわがこころの虹となりて立つ名をもたぬゆゑなにも侵さず

虹のごとこころの裡に視ゆるもの神とこそ想(おも)へ愛とも謂はめ

八月の空

写し絵に陸軍大尉の父若し目見清らなる 士（もののふ）なりき

八月の空の涯より帰り来よ幾千万のひとびとのこゑ

戦争を一切語らざりし父　逝きしのち知るその心はも

国敗れ苦悩の果てに自決せし戦友のこと書（ふみ）に残せり

自らは生き存へて在ることの罰として何も語らざりしを

軍人より祈る人へとなりし父　仏教世界を描きて死にき

ファザコンのわれの育てしひとりごはファザコン娘なのかも知れず

銀髪を愛しく想ふ未踏なるシュヴァルツヴァルト目交ひにあり

おみやげを買ってきてねと言ってみる　ただ言ってみる　言ってみたくて

夫と娘を二人旅へと発たせたるわがヴァカンスのあをすぎる空

銀髪に映ゆるブルーのシャツ求む姿良きわがえをとこのため

白百合

雨の日をカナリアいろの傘さして病院までの道歩きゆく

幾月を耐へて会ひ得し白百合のその息の緒の愛(かな)しかりけり

枕辺にルルドの泉のみづは在り聖母マリアのごとく笑むひと

月読の変若(を)ち水ならめ点滴は病むひとの肌をうつくしくせり

数限りなき祈りこもれるキルティングうすももいろの小花模様の

病む友に付き添ふことをミッションと決めたるひとの眦清し

三人(みたり)してただ語りあふ笑ひあふ　慰められてゐるのは私

ひとつこと心に決めて帰る道しのつく雨の空ユニコーンいろ

鳴きしきる蟲の音の中ひとすぢの澄むこゑありて律を統べゆく

耐ふる力

御座なりの愛は悪をも孕みゐむ　子どものせがむミドリガメの子

張りつける微笑に王子は老いてゆく権力はた脱力の御手振り

ズボンの裾に錘を入れるといいらしい　どこかが軽く浮いてゐる人

一キロ分の脂肪模型を斜に見て筋トレマシンの錘を加ふ

なぜ斯（か）くも坊ちゃん育ちは駄目なのか　野の良き猫が吾輩を観る

ゲリラが襲ふ犬猫が降る土砂が降るトタンの屋根が竜巻に飛ぶ

耐震の書架に眠れる『未来都市予想図鑑』は落下せざりき

処刑されし〈元死刑囚〉の埋葬の許可書に死因は「その他」と記さる

ものいはぬひとのかたへに老い猫は目瞑りてをり小春の日向

みづ

なだらかな坂をゆつくり下りてゆく　水の底までつづくこの道

記憶にさへなれざりしものたちの棲むみづうみの底の沈める斎庭

どしやぶりの苑のガゼボに佇みてわが小動物を宥めてゐたり

生き直すこと出来るなら（できなくても）顔洗ふ朝　足洗ふ夜

水にすすがれ陽にさらされてヴェランダに昨日のわれの脱け殻騒（さや）ぐ

悲しみはゆゑなくおそふ甘藍の葉を洗ふときかすかな音す

同性愛と両性愛の境なる閾（ゐき）にささめくうすあをきみづ

庭隅に打ち捨てられし水石の半眼のごとき傷潤みたり

若き日のわが歌声は透りゆき水の面（も）に降る光に溶けぬ

移ろひの森に樹雨（きさめ）のしたたりてわが頬濡らす涙に非ず

悲劇について

わが町の誰そ彼時のおだしさを瞬時に壊すサイレンの音

空低く旋回飛行のヘリ数機その騒音に町が震へる

女優志願の乙女子あはれネットにて出逢ひし男に刺し殺されつ

「スミマセンニホンテレビノ取材デス」インターフォンに顔見せぬ男

「にげてゆく男をみませんでしたか　さくじつのいまごろこのへんで」

「ゆふがたは二階の部屋にをりまして」怪しき男にわが応へたり

白シャツと黒いズボンの男たち普通の顔して何かを探す

福岡に病院火災！　たちまちに閑けさ戻るわが井の頭

大人しき隣人たちは彼の家の悲劇についていて語らざりしを

修羅

人を斥け熾き火掻き立て詠はむと仰せられにしうたびと逝きぬ

わが浅き墓のごとかる『紅葉狩』十二年前ふたりして観き

恩讐を越えてまみゆる女面　修羅を解かれし氷の貌あはれ

白き花をなきがらの上（へ）に置きてゆくなべて夢なれすべて空（くう）なり

献じたる柩の中の胡蝶蘭舞へる姿の写し絵に添ふ

ただひとり泣きじやくりゐる中学生　祖母の急死を悲しみてをり

感情の波風絶えてくらぐらと灰色の沼よこたはりゐる

いづれわれも其の火葬場の炎熱に焼き尽くされて灰となるべし

私の小さい庭

コニファーを伐れば秋陽の射し込みて曝されてゐる〈私の小さい庭（モン・プティ・ジャルダン）〉

陽を浴みて精一杯に背を伸ばし伐られ棄てられ土となるまで

かぐはしき香を愛でし花　時を経てそのにほひゆゑ疎みはじめぬ

いつせいに棄てたき花とおもふまで匂ひしふねき羽衣ジャスミン

ひととせの繁り烈しきジャスミンの意志と戦ふ　強く在りたし

薔薇はすべて男が産みし花にしてみどりごたちはゐない薔薇園

黄色(くわうしよく)のグラデーションに咲き泥む「野性夫人(マダム・ソヴァージュ)」妄(みだ)りがはしも

ローリエは貝殻虫に穢されて黒き葉表見せつつ佇(た)てり

罪負へる希望の如し霜月の庭に真赤き薔薇の芽育つ

黒ずめるローリエの樹の枝(え)を剪ればこぼるる木屑あをき香を立つ

この冬はここで眠ると決めたらむわが掘りし穴にかへる来て居る

くれぐれもおもひわづらふことなかれ主亡きあとの種種(くさぐさ)のこと

われら蒼氓

不発弾処理作業に由り停車せる車窓に見ゆる霧深き山

「日本人は神を信じてゐないから……」仏文教授の原発論想(おも)ふ

神を信じ得ざれば罰を畏れざる極東に棲むわれら蒼氓

不発弾あまた抱ふる小国の原子炉の数五十基余り

産土にあらざればいとたはやすく其の地を捨てて生きてゆく人

いづこにも青山あれば憂ひなし　陸海空を往き来せる毒

限りなき未来は昏し限りある未来は明し　われらいづくへ

山間(やまあひ)にゆたけき憂ひ抱きつつ照り翳りせる秋の遠山

血の系譜

死の後は先づ捨てらるる靴並ぶ棚にパンプス少なくなりぬ

ひとたびも締められざりし袋帯　母の幻夢として蔵はるる

竹と竹打ち合ふ音の聞こえくる独りの夜更け身裡(みぬち)ざわめく

慈母賢母凡母毒母ら繋がりて此の血の系譜われに至れり

ことほぎの聖なる雪夜　親しかりし亡者の面輪闇に幽けく

雪しまく夜の外の面に視ゆる影　わが血脈の山姥踊る

をどりつつ媼らおびくわれもまた赤き足袋履き輪に加はらむ

雪やみて夜空にかかる月読の光に道はしらしらしら明る

真夜の月視つつ畏るる今宵また引かれゆくひと何処にか在る

わが裡の牝馬は額（ぬか）に角持てり　いざ事あらば武器となるべし

羽搏きの音とほざかる冬天に飛行（ひぎやう）の跡のやうなる雲が

ワイエスの世界

アンドリュー・ワイエスの絵にまみえしは夏のアメリカわが二十代
アメリカの原風景の草原の最中に座る女(ひと)の後姿(うしろで)

ほつれ髪草葉のごとく靡かせてクリスティーナは両手で歩む

草原の家を目指して手で地（つち）を摑みつつ行く細き腕（かひな）に

車椅子を拒みし一生（ひとよ）　薪を焼べ料理を作り墓参せしひと

限られし世界の中で自らに由り生きぬきしクリスティーナよ
自由なる意思の表象として立つ《クリスティーナの世界》の風は
切り取られたる時間の中に横たはり素肌をさらしつづけるヘルガ

ふたりきりの十数年の密会のアトリエに立つひとの後れ毛

おそらくはたれも言葉に出だささずも嘉されてゐむ《ヘルガ》その愛

ワイエスの女(ひと)は振り向き強き目に何か言ひ止(さ)す。われを拒みて

魔女狩り

重曹を食ぶれば蟻は死ぬること教へてくれし誰かのサイト

重曹とパウダーシュガーを混ぜて撒く　日日増えてゆく蟻の巣穴に

なにゆゑに蟻を攻めねばならぬのかわからざるまま熱心になる

意味不明の些末なことに心せよ踊り場で踊りたくなるとき

「魔女狩りに遭はない術を教へませう」漂着したる異教のサイト

魔女裁判は私腹を肥やすためなりき　異端審問官たちの至福

西洋の魔女狩りのおどろおどろ東洋の西太后の逸話（アネクドート）も

「其方（そち）はいかなる魔女なるか」夢なれば質されてゐる異邦人われ

気に入らない奴を嵌めよう　指差して「アイツが悪い」と囁けばいい

人差し指は人を刺す指。さされたらさしかへせばいいのだ、らうか

このにほひではないと嗅ぎ分けてゆく犬の目つきとすれ違ひたり

アメリカの男性優位の旧き世の「奥様は魔女」今日もテレビに
美形なるをのこも混じる魔女予備軍サマンサタバサのバッグ携へ
につぽんに美魔女殖えゆく善き魔女か悪しき魔女かは不問に付され

情報の洪水に勝つ泳ぎ方教へるサイト火の手があがる

歌神

けふ一日（ひとひ）しづかに暮れぬ　過現未の未の細りゆく穏しきテラス

悔しみの華とし戦ぐ菜の花の褪せゆく黄（きい）に色重ねたり

人ひとり入れるほどのカート引きおのもおのもに空の港へ

眼を閉ぢてからだの力を脱いでみる　風を容れるやうに赦さう

この季をこゑにうたはむ天と地のあひに息づくわが玉の緒よ

衢へ来し何かを置いて犬去れば風が枯葉に覆ひ隠せり

西風は廃れし園に見たりけり　老いたるウェヌス　手負ひのクピド

Vocalise!（声にせよ）　Vocalise!（声に詠へよ）　天心ゆわが有翼の歌神は告（の）らす

あとがき

この歌集は、『革命暦』『ローリエの樹下に』に続く私の第三歌集です。タイトルの『ヴォカリーズ』は、歌詞を伴わず母音によって歌われる声楽曲のことで、フランス語の動詞 vocaliser（声にする、声だけで歌う）の命令形 vocalise に由来します。

ヴォカリーズ作品として特に有名なのがラフマニノフによってソプラノのために作曲された『ヴォカリーズ嬰ハ短調』ですが、若かりし頃、声楽を学んでいた私は音大四年の演奏会でこの曲を歌いました。以来、声楽をやめてしまった今でも最も好きな歌として、短歌を詠むときも自然と心の中で歌っています。女性の悲哀と心の美しさが言葉を超えて表現されているように思われるのです。

二〇〇七年春に、フランス近代美術史の学士論文を執筆するために大学生となり、その後しばらくは短歌と無縁の日々を送っておりましたが、再び短歌を詠むようになった今あらためて想うのは、短歌も歌であり歌は声を伴うものである以上、一首を声に出して読み上げた時その歌心が自ずから伝わるような、声調の備わった短歌を希求していきたいということです。

この歌集には、過去一年半の間に詠んだ歌の中から三四七首を収めましたが、その大半は所属している季刊誌「玲瓏」と月刊誌「未来」(黒瀬珂瀾選歌欄)に出詠した歌です。初出作品も多く載せましたが、いずれも読者の皆様のご高評を仰げれば幸いです。

最後に、歌会でいつもお世話になっている「玲瓏」発行人の塚本青史氏、帯文を書いて下さった黒瀬珂瀾氏はじめ、私の作歌活動にお力をくださった皆様に深く感謝申し上げます。

殊に、一昨年までの五年間、短歌から離れていた私を作歌復帰へと導いて下さった、歌友の有沢螢さんと、お茶の水女子大学附属中学時代からの友人で画家の長谷川佳子さんのお二人に心からの感謝を捧げます。

尚、歌集出版につきましては、短歌研究社の堀山和子氏と装訂の間村俊一氏にたいへんお世話になりました。心より厚く御礼申し上げます。

二〇一四年初春

徳高博子

徳高　博子（とくたか　ひろこ）
一九五一年、東京都渋谷区生。
一九七五年、国立（くにたち）音楽大学声楽科卒業。
二〇一〇年、慶應義塾大学文学部卒業。
短歌誌「笛」「中部短歌」「井泉」を経て、「未来」「玲瓏」所属。
歌集『革命暦』『ローリエの樹下に』

ヴォカリーズ

二〇一四年六月九日　印刷発行

著者――徳高博子（とくたかひろこ）
東京都三鷹市井の頭一―二四―三　郵便番号一八一―〇〇〇一

発行者――堀山和子

発行所――短歌研究社
東京都文京区音羽一―一七―一四　音羽YKビル　郵便番号一一二―〇〇一三
電話〇三―三九四四―四八二二　振替〇〇一九〇―九―二四三七五

印刷所――東京研文社

製本者――牧製本

造本・装訂――間村俊一

定価――本体二〇〇〇円（税別）

ISBN 978-4-86272-396-3　C0092　¥2000E